St. Helena Library

04   E SP

Disney
Winnie Pooh

Un vecino fabul-oso

Por Kathleen W. Zoehfeld

Ilustrado por Robbin Cuddy

**A Random House
PICTUREBACK® Book**

Random House
para niños

Copyright © 1997, 2001 Disney Enterprises, Inc. Based on the "Winnie the Pooh" works by A. A. Milne and E. H. Shepard. All rights reserved under International and Pan-American Copyright Conventions. Published in the United States by Random House, Inc., New York, and simultaneously in Canada by Random House of Canada Limited, Toronto, in conjunction with Disney Enterprises, Inc. Originally published in slightly different form by Disney Press in 1997 as *Pooh's Neighborhood*. PICTUREBACK, RANDOM HOUSE, and the Random House colophon are registered trademarks of Random House, Inc. Translated by Désirée Márquez First Spanish edition 2002
Library of Congress Control Number: 2001098655
ISBN: 0-7364-2063-0
www.randomhouse/kids/disney
Printed in the United States of America   June 2002
10 9 8 7 6 5 4 3 2 1

—¡Vaya! ¡Qué hermoso día en el vecindario! –dijo Búho.

–No conozco ese abecedario –le dijo Pooh.

–*Ve-cin-da-rio* –dijo Búho–. *Nuestro* vecindario, el sitio donde vivimos y donde viven todos nuestros vecinos, donde todos somos buenos vecinos.

–Oh –dijo Pooh, que no entendía muy bien–. Es un hermoso día, ¿verdad?

–Lo es. ¡Ahora me voy a dar una vuelta a vista de búho!
–dijo Búho, que subió muy alto y dio una vuelta por encima
de la casa de Pooh.

—¿Qué tal se ve el vecinda . . . ehr, cómo se ve el paisaje desde allá arriba? —le preguntó Pooh.

—¡Allá abajo veo todo el Bosque de los Cien Acres! —gritó Búho—. ¡Y creo que veo a Piglet, tu vecino más cercano, rastrillando las hojas!

–Ajá –pensó Pooh–. Eso me
recuerda que hoy pensaba ir a visitar a Piglet.

Y así, mientras Búho se iba volando, Pooh decidió que
sería un buen vecino y le llevaría un regalo a Piglet, su vecino
más cercano.

Pooh se puso un pote de miel bajo el brazo y caminó por el sendero hacia la casa de Piglet. Pero a mitad del camino pensó en algo.

—Yo *podría* tomar este sendero hasta la casa de Piglet. Pero, también podría irme por el camino largo para tratar de encontrar esa cosa a la que Búho le dice nuestro vecindario. De todas maneras, tarde o temprano, el sendero me llevará a la casa de Piglet.

Y eso fue lo que hizo.

Después de un rato, Pooh llegó a la casa donde vivían Cangu y Rito.

–Hola, Cangu –dijo Pooh–. Le llevo un regalo a Piglet, pero tomé el camino largo para tratar de encontrar nuestro vecindario.

–Oh, por supuesto –le dijo Cangu amablemente–. Quizás quieras acompañarnos a merendar camino hacia allá.

Ya Pooh estaba sintiendo que era hora de comer alguito,
o sea que todos fueron más allá del arenal donde le gustaba jugar
a Rito y se sentaron a merendar sobre el prado.

Después de una canasta
de comida y mucha miel, Pooh
les dio las gracias a Cangu y a
Rito y tomó el sendero hacia la
casa de Conejo.

–¡Hola, Conejo! –exclamó Pooh–. Estoy tomando el camino largo hasta la casa de Piglet para llevarle un regalo de buen vecino. Por cierto, ¿has visto a otros vecinos por aquí?

–¡Yo soy tu vecino! –dijo Conejo.

–Oh, sí, claro –respondió Pooh.

—Ya que estás aquí, ¿podrías llevarle estas zanahorias
a Christopher Robin? —le preguntó Conejo—. Le prometí que
las tendría para la hora del almuerzo.

—Claro que sí —dijo Pooh.

Pooh siguió su camino con las zanahorias debajo de un brazo y el pote de miel debajo del otro. Después de cruzar varias colinas de brezos y unos empinados bancos de arena Pooh, cansado y hambriento, llegó a la puerta de Christopher Robin.

–Gracias por traerme mis zanahorias –dijo Christopher Robin–. ¿Por qué no me acompañas a almorzar?

–Voy a
casa de Piglet a
llevarle un regalo de
buen vecino –dijo Pooh–.
Pero creo que puedo demorarme un poquito.

Después de almorzar más miel y tomar una buena siesta, Pooh
siguió buscando el vecindario, camino a la casa de Piglet.

Siguió por el sendero, atravesó un bosquecillo de pinos y trepó por la verja de la casa de Igor.

–Hola, Igor –dijo Pooh–. Voy a visitar a mi vecino, Piglet.

–No me vienes a visitar a mí –dijo Igor–. Ya lo sabía. Vaya, si hace apenas cuatro días que Tigger me saltó encima, de camino a la poza para nadar. ¿Cuántas visitas puede esperar uno, pues?

–Oh, ¿tú también eres mi vecino? –le preguntó Pooh.

–Supongo que sí –respondió Igor.

Y Pooh, que se sentía un poco apenado, le ofreció a Igor una probadita de su miel.

Pooh abrió el pote. Igor se asomó a ver y suspiró.

Pooh también miró.

–¡Oh, caracoles! ¡Está vacío! –dijo.

–No importa –dijo Igor–. Pero, ¿qué pasará con Piglet?

Pooh se alejó caminando cabizbajo, tratando de pensar cómo contarle a Piglet acerca del regalo de buen vecino que ya Piglet no iba a recibir.

Justo en eso, Pooh vio que Búho pasaba volando.

–Creo que quizás vi nuestro vecindario, aunque no estoy seguro –le dijo Pooh–. Pero ahora ya no me queda ningún regalo de buen vecino para Piglet.

–¡Vaya, vaya! Sí señor, estás en problemas, ¿no? Quizás puedas conseguir rellenarlo en el viejo árbol de las abejitas – le sugirió Búho.

—Esa es una buena idea, Búho, pero queda tan lejos —suspiró Pooh.

—Sí, sí, lo sé —dijo Búho—. Te sugiero que sigas a alguien como yo para encontrar el camino más sabio y rápido a través del vecindario.

De modo que Pooh, que era un osito de muy poco cerebro, decidió seguir a Búho (que era un búho de mucho más cerebro) hasta el viejo árbol de las abejitas. Pooh escuchaba un ruidoso zumbido cerca de la copa del árbol.

Pooh subió y subió.

–¡Muy bien! ¡Sigue así, oso Pooh! –exclamó Búho–. Más allá de las abejas, hasta la copa del árbol. Ahora, mira a tu alrededor. ¿Qué ves?

A los pies de Pooh estaba todo el Bosque de los Cien Acres.

—¡Oh, mira! ¡Puedo verlo todo! –exclamó Pooh, emocionado–. ¡Todo el Bosque de los Cien Acres!

—¡Exactamente! –le gritó Búho, que desde allá abajo no oía muy bien–. ¡Es todo el vecindario!

—¡O sea que ése es nuestro vecindario! –pensó Pooh–. Estuvo delante de mí todo el tiempo.

Casa de Pooh

Arenal donde juega Rito

Casa de Piglet

BOSQUE DE LOS CIEN ACRES

Casa de
Conejo

Casa de
Cangu y Rito

Amigos y
parientes de
Conejo

Casa de
Christopher
Robin

Arbol de
abejas

Casa de
Búho

nde no estaba
el Wuzzle

Melancólico
sitio de Igor

Y después de que Pooh rellenó su pote de miel, él y Búho
se fueron, como buenos vecinos, a cenar a la casa de Piglet.